어느 늙은 시인의 사부곡

어느 늙은 시인의 사부곡

임상갑 시집

불고문예

■ 시인의 말

내가 조금 부족하다는 것은

누군가의 앞에 나서지 않아도 된다는 것

나서지 않아 상처받을 일 없다는 것

부족한 대로 나 즐겁고

그러다 보면

남은 삶도 천천히 부족해지는 것

시인으로 늙어가며

조금씩 부족해져 간다는 것은

참으로 행복한 일이다

2024년 봄

잠이 깨 자리끼가 생각나는 밤에

임상갑

* 시집을 내놓기까지 애써준 친구 권영주 선생에게 감사의 말을 전합니다.

임상갑

충남 공주 출생

한국방송통신대학교 국어국문학과 졸업

2016년 《불교문예》 등단

시집 『풍등』 『감포에는 촛불 하나 밝히셨는가』

강화 검도 관장

sorolim@hanmail.net

차례

2부

3부

4부

■ 작품론

1부

배추벌레의 서사

자잘한 새 소리에도
급하게 물렁뼈를 껴안으며
처마 끝에 잘 못 매달린 달처럼 위태롭다
애벌레가 배춧잎의 파란 피를 빨며
잎사귀에 구불구불 서사를 써내려 가는 것은
나비가 되는 꿈을 우물거리며
기껏 하늘을 나는 자유를 얻고 싶어서였다

알몸으로 푸른 핏줄을 팽팽하게 당기며
어떤 때는 막 출가한 스님처럼
잠 못 이루며 뒤척인 때도 있었다
으리으리한 것 따르며 살아야만 했던 서사들을
굵어지고 굽어버린 손마디는 알고 있을까
붉은 피를 씹던 젊음은 가고
휑하니 허물어진 헛간처럼 왕따 당한 듯
뒷켠에서 꾸벅꾸벅 졸며
늑골 속 삐걱거리는 뼈 울음소리 듣는다

거미줄

설치미술 같은 신비로운 기술로
촘촘하게 짜여진 그물
그들에게 유일한 행복은 먹을 것과
그들에게 유일한 불행은 배고픔이다
먹고 살기 위한 노동이었다

그물을 찢어버리고 유유히 사라진
힘센 것들을 생각하며
방사실*만 남은 줄 위에서 거미는
허탈하게 웅크리고 앉아 눈만 껌뻑거린다
가슴 속에서는 무언가
뜨겁고 슬픈 것이 지나갔다

힘없는 것들의 슬픔과 아픔을 베어 먹었던
뼈를 가진 낯 두껍고 뻔뻔한 그들의 삶이
검게 변할 때
음흉한 발톱은 오그라들며
함부로 했던 모든 비밀을 토해내야 한다

* 거미가 걸어 다닐 수 있는 끈적거리지 않는 줄을 말한다.

대놓고 말은 못하겠고

#1

십만 대군을 제 몸속에 거느리고 다닌다는 조지란 장군이

삐딱하게 담배를 꼬나물고 잘근잘근 씹으며

비 풍 초 죽은 패를 쪼으며 허름한 생각을 하고 있다

옆에서 괜한 훈수를 들며

양두구육을 속삭이던 젊은 녀석은

개평으로 보라지를 얻어맞고

죽은 게 발 움직이듯 옆으로 물러난다

#2

아침을 개혁하겠다던 저녁은

누명을 쓰고 몰매를 맞았다

돌팔매를 이리 피하고 저리 피하다가

생살이 찢기고 다리 한 쪽을 잃어버렸다

참혹하게 부서진 달빛은 가루가 되어

강물에 흩어져 은빛으로 흐르고

목발에 기대어 절뚝거리며

날 새면 숨 쉬지 않으리란 저녁이
혼자서 쏟아지는 별을 올려다보며 운다

#3

도마뱀은 제 꼬리를 잘라버리고 저만치 도망가다가
뒤돌아서 폼 안 나게 앞발로
말뚝질 같은 어퍼컷을 날린다
매초롬하게 허물 벗고 나온 사악한 뱀은
꼬리 잘려 뭉툭해진 보잘 것 없는 도마뱀을
같잖은 듯 내려다보고
도마뱀은 앞발을 제 아랫도리 거기에 포개어 잡고
개장수 본 똥개마냥 바짓가랑이에 오줌을 지린다

이해 불가

"우물 안 개구리에게
바다를 이야기한들
이해하겠나
여름철 버러지에게
얼음을 이야기한들
알아듣겠나"*

우리는 우물 안 개구리와
여름철 버러지의 처지를 알았어야만 했다
그것들이 무식한 게 아니었고
우리의 생각이 짧았었다는 걸 알았어야 했다

소란스럽기만 하던 대지 위에
서늘한 계절이 다가오고
살이 쪄 뒤뚱거리던 벌레들은
어디론가 숨어버렸다
무언가에 떠밀려

우물 밖으로 고개를 내민 개구리가

겁먹은 듯 초점 잃은 눈으로

어리둥절 멀뚱거린다

* 장자

슬픈 것들아!

각기 다른 짝눈으로 길을 잃고

근본 없는 종교에 머릴 조아리며

괴기한 일 벌인다

비천함과 덜 고귀한 종족이 만나면

어떤 일이 벌어지는지 우리는 보고 있다

겁 많은 비열한 그대,

누가 그대에게

감람나무 그늘에 앉아도 좋다고 했나

거지가 말을 타면 말이 지쳐 죽는다 했다

그 뒤를 따르는 슬픈 그림자들아!

앞선 것이 사라지면

흔적 없이 사라질 슬픈 영혼들아!

이성을 잃어버리고

자신을 장악하지 못한 노예들아!

잘 들어라!

"종놈에게 집안의 질서를 맡기면

그 집에는 대낮에도 낮도깨비가 날뛴다 했다"*

칼이 번쩍이는 것은 피를 먹고 싶은 욕망 아닌가

이런 천박한 종놈에게 집안의 큰일을 맡긴

내가 벌을 받아 마땅한 일

나의 종아리를 때려라

나를 쳐라!

* 채근담

새벽닭이 울면

몰락한 동업자들의 길을 따라가면서
善을 이야기하는 시인들을 비웃는다
무덤과 무덤 사이 길을 걸으며
모든 색깔에 핏물을 들이는
오! 그대는 두려움도 없어라
선한 양심으로 가장하고 복수를 일삼는 그대
치졸하고 교활한 자여

우리, 더러운 오물 속이라고 피하지 말자
그 속에도 반드시 샘의 원천은 있다
모든 조짐은 결국
새벽닭 울음소리로 만들어지며 새벽은 밝아온다
우리, 최선이 지배하는 나라로 가자
채찍질을 당할 사람은
지치고 무기력한 우리들이 마땅하다
다시 목 터져라 외치고 용감하게 달릴 생각 없다면
이제 우리 아무것도 요구하지 말자

그리 깊지 않은 물속에 익사할
눈가리개를 한 조랑말들이
천천히 물속으로 걸어가고 있다

종을 알 수 없는 생물에게

느닷없이 나타난 종을 알 수 없는 생물이
인간을 가축으로 만들고 함부로 다룬다
개, 돼지가 된 인간들은 살아 남기 위해
넙죽넙죽 엎드리고 굽신거린다
참으로 침묵하기 힘들어
가축이 되기 싫은 인간들이 꿈틀거리기 시작했다
천천히 저 만치서 가까이 오고 있다
위대한 그날이!

그대!
절름거리며 걷던 길 잠시 멈추고 내말 들어라
멈춰 있는 허공에 시간이라는 시계를 걸어놓고
똑딱거리며 옹알이하는 그대에게 한마디 하네
'새벽안개는 해 나면 사라지는 것이고
천장이 무너지면 하늘은 보이는 것이네'
두렵지 아니한가?
어찌 땅이 경련을 일으키는 일만 골라 하는가

부끄럽지 아니한가?

어찌 가진 힘으로 지배하려 드는가

우리는 모두 죽을 운명을 타고났다네

멋대로 살아 알맞게 살진 못했더라도

그대!

죽을 때는 꼭 알맞은 때 골라 가시게

하늘이 없다

새는 하늘을 보았나
바람은 하늘을 보았나
안개 속을 헤치며 먼 길 온 새야
너는 거기서 무엇을 보았는가
깜깜한 구름을 돌아 먼 길 온 바람아
너는 거기서 무엇을 보았는가

쿨럭 쿨럭 죽어가며 숨을 쉬는 짐승의 뱃속에
머리를 쳐 박고 내장을 파먹는 하이에나 무리가
구수한 피 냄새에 거친 숨을 가다듬으며
입가에 붉은 열꽃 피우는 곳
그곳 여의도 1번지에는 하늘이 없다

하늘이 없다

바람 불고 비 오고 해 나고

붓을 꺼내든다

먹을 갈고 화선지를 편다

묵향은 언제 맡아도 좋다

글을 쓰다가 문득

마을에 87세 되신 노인회장님이 생각나

집에서 낸 청계 알 한 판을 가지고 갔다

“어르신 웬 바람이 이렇게 심하게 분데요?

건강 조심하세요.”

“세상 일이라는 게 그래. 싸움 말리러 갔다가

맞기도 하고 때리기도 하고 그러는 거지.

바람 불고 비 오고 해 나고 그러는 게 인생이고 세월이여.”

회장님 말씀이

세상은 적당히 불순한 것도 좋다는 말씀 같았다

아버님과 함께 오래 오래 건강하셨으면 좋겠다

사흘째 바람이 분다

곧 비 오겠지

그리고 해 나겠지

갈 곳 없는 영혼

몸에서 지겨움에 지친 영혼이 빠져나가면
그 몸은 속이 텅 빈 껍데기
그 몸이 껍데기라는 걸 눈치챘을 때
이 둔감한 짐승들은
가슴에 듬성듬성 버즘이 피어나고
초점 잃은 눈으로 환청으로 듣는다

지개질해서 번 돈 갓 쓴 놈이 쓴다고
권력자의 딸이
재벌가의 아들이
꽤 잘생긴 탤런트가
마약으로 황홀한 환상 속을 헤맨다
빙빙 돌며 제 꼬리를 무는 자신을 보고
오그라든 손으로 공기 인형처럼
허우적거리며 허무를 잡는다

보잘 것 없고 형편없는 썩은 몸뚱이들이

술과 마약에 취했을 때

영혼도 같이 취할까봐

잠시 몸 밖으로 도망쳐 숨어 지켜보다가

몸 어딘가에 들어는 가야겠는데

들어 갈 수가 없다

몸이 병들었거나

이미 죽어 버렸거나

자벌레

몸을 구부리며 걷는 자벌레처럼
앞발 먼저 딛고 쉬고
뒷발 당겨 딛고 물음표 만들며 생각하고
한숨 한숨 사는 것이 삶이다

종놈

강화도에 있는 모 사찰,

고장 난 시설물을 고치고 있던

좀 한가했던 어느 날

지긋한 눈빛으로 한참을 바라보시던 주지스님 말씀

“재주 많은 놈은 평생 종놈인 겨.

재주 없고 게으른 놈은 평생 남을 부리며 사는 거고.”

아! 종놈...

그 분이 거居할 곳은

나 사는 곳
물도 있고, 바위도 있고,
바람도 있고, 산도 있는데
무언가 잃어버린 듯한
텅 빈 가슴 한쪽 채우려
나 어려 살던 곳으로 왔다

흙냄새를 안고 소나기 한 줄금 뿌리고 간 오후
여기서도 순결한 산비탈을 파헤치며
피 묻어 얼룩진 붉은 상처를 널어 말리고 있다
고목에 붙어 마지막 울음 울던 늙은 매미는
쓰러지는 나무와 함께 울음을 멈추고
그 맑던 물과 조약돌은 이끼로 미끌거린다

주인이 되어버린 돈이 이성을 갖고
인간을 종처럼 부려 먹는다
사람도 옛사람이 아닌

돈에 지배된 사물처럼 되었으니

그분도 여기서는 거居할 곳 없어

아무도 모르는 어디론지 떠나버렸다

살아보니
— 인생

(+ - × ÷ ₩)

(♀ ♂ ♡ ♪)

(? … , ! .)

2부

구안와사 1

언제부터인지 왼쪽 귀 뒤가 아프고
양칫물이 왼쪽 입가로 흘러내린다
눈치 없는 바보처럼 한참이 흘러
급기야 왼쪽 얼굴이 마비되어 찌그러졌다
아차! 뇌경색?
어쩌지? 늦은 밤 새벽 2시 잠드신 아버지 남겨두고
차를 몰아 아내가 있는 강화로 간다
나도 놀래고 아내도 놀래고
급히 일산 동국대학병원 응급실에서 MRI 촬영하고
의사의 진단을 받는다
"뇌에는 이상이 없구요. 세균성 안면마비 증상입니다.
구안와사라고도 합니다."

여러 사람 살렸다
1주일 정도 강화에서 치료를 받고
여동생에게 부탁한 아버지 걱정되어
차를 몰고 내려오면서 혼자 중얼거린다

남에게 해코지하지 않고 몸 가는대로 살자

얼마 안 있으면 70인데

얼굴 좀 찌그러지고 입 삐뚤어지면 좀 어때

말 똑바로 하고 옳은 소리하며 살면 되지

어떻게든 아버지보다는 오래 살아야지

구안와사 2

— 내가 좋은 거 더 먹고 건강해야지

거동하지 못해 종일 누워계시는 아버지 살피며
아파보니 알겠다
내가 건강해야 아버지도 모실 수 있다는 것을
아버지 모시러 강화에서 공주로 내려오던 날
친구 영주가 그랬다
"어른 모신다는 것은 그 자체로 스트레스고 신경과민이다
네 건강 먼저 생각하며 해라."
기타 치고, 잼배 두드리고, 책 읽고, 시 쓰고, 검도하고
집 옆에 구불구불 흐르는 사행천처럼
천천히 쉬어가며 나름
내 멋대로 즐겁게 보낸다고 생각했는데
입이 돌아가고 음식을 흘리고 눈이 감기질 않는다
병이 왔다
아프고 알았다
내가 좋은 것 먹고 내가 건강해야 한다는 것을
그것이 효도라는 것을

구안와사 3

— 눈썹

의사가 왼쪽 눈을 위로 치켜떠 보란다
눈썹이 움직이질 않는다
마비된 눈 위에 이유 없이 붙어 있는 눈썹
불필요한 눈썹을 왜 하필 그곳에 붙여 놨을까
아프고 난 뒤에 알았다
시비하지 말고 있는 그대로 살으란 것을
너무 쫀득지게 말고
눈썹처럼 하는 일 없이
있는 듯 없는 듯 그렇게 살아 보라는 것

산지기 그녀

그녀는 산에 나무를 심었다
주변에 엉겅퀴를 심어 울타리를 만들었다
바람이 불 때면 그녀는 나무를 끌어안고
눌어붙은 눈꺼풀을 슴벅거리며 잠을 잤다

움켜쥔 손마디는 자꾸만 굵어져 갔고
훌쩍 커버린 나무들을
이제는 멀리서 그저 바라만 보고 서 있다
그녀가 남긴 보라색 꽃냄새 따라
사람들은 등성이를 넘어와 기웃거렸지만
그냥 머뭇거리다 슬쩍 비켜갔다
나무가 꿈을 우물거리며 생각이 여물어 갈 때
어둠은 뭉그러진 발톱처럼 절뚝거리며 찾아오고
늙은 그녀는 노래 같은 깊은 신음소리를 내며
폐가처럼 기울어 갔다

지금 그녀는

슬픈 전설을 남기고 가슴 속 커다란 산과 함께

구름 따라 떠내려가고 있는 중이다

새벽 손님

2층
새벽 네 시 반
잠결에 희미하게 나를 부르는 소리 들린다
칠십 다된 나를 데려가려는 듯한 꿈속 부름의 소리
가위 눌려 잠이 덜 깬 나를 또 부른다
팬티만 입은 몸
벌떡 일어나 아래층으로 내 달린다
거실에서 주무시는 아버지가 사라졌다
안방, 건너 방, 주방, 다용도 실,
없다
하얘진 머릿속
순간 밖에서 꿈결에 부르던 무슨 소리가 들린다
현관문을 열고 튀어 나간다
12월 3일, 올 들어 제일 춥던 날 새벽
털목도리, 털모자 쓰고
아들 운동화 곱게 신고
어두운 계단에 앉아 나를 부르고 있었다

아버지 왜 여기 나왔냐고 물으니
누가 불러서 나왔다는데
여기가 우리 집이라는데
무섭다는데
아! 이놈들이 사람 정신 혼미하게 만들어 놓고
데려가려는구나

아버지 팬티바람에 업어 잠자리에 눕혀 놓고
다시 왜 나갔냐고 물으니
엉뚱한 소리
여기가 우리 집이라며 새근새근 잠드시네
어쩌나
손님, 그놈이 오신 거라

신비

신비한 체험 속으로 빠져들었다
과거도 현재도 미래도 없는 무의식
당신의 시간과 기억은 정지되었다
알 수 없는 신비스런 세계
삶의 모든 욕망과 쾌락
모질었던 고통과 슬픔으로부터의 해방
영혼을 꺼내 같이 놀고 있는 당신
그것은 진정한 삶이었다
그것은 진정한 자유인이었다

죽은 이를 불러내고
보이지 않는 무언가를 불러내 대화하는 초능력
갓 태어난 아기가 엄마의 젖을 물 듯
토닥이면 이내 잠이 드는 당신
큰딸만큼은 잊어버리지 않고 알아보는 당신

이 세상 마치는 날

부디 아들 손 딸 손 꼭 움켜쥐고
편히 돌아가소서

아버지!

잃어버린 기억과 시간들

정오의 짧은 그늘에서
사색할 수 있는 틈이라도 있었다면
덜 서러웠을 것을
당신에게는 그것도 사치였다
얼마나 사는 게 질렸을까
말하지 못하고 듣지 못했던 기억들
무수히 쏟아지는 언어들을 극복하지 못한
분노의 기억들이 사라지며
당신의 모든 시간들도 소멸되었다

아내를 떠나보낸 다음날
아침 밥상 앞에서 꺼억꺼억 울던 당신
그 시간도 기억도 모두 잃어버리고
당신은 이제 당신의 아내 곁으로 가려 합니다

그 추웠던 날 새벽
우리 집으로 가야겠다며

자꾸만 현관문을 나서는 당신

늙은 아들이 끌어안고 같이 웁니다

어느 늙은 시인의 사부곡

그 긴 시간을 끌고 달리던 당신이 멈췄다
큰 딸의 양 뺨을 두 손으로 감싸 안고 누워
댓잎 같은 소리로 숨을 고른다
큰아들은 옆에서 잔잔하게 기타를 연주하며
가시는 길 무섭지 마시라며 운다

영혼은 몸을 떠난 지 이미 오래
몸속의 마지막 찌꺼기마저 모두 버린 당신은
90년 긴 세월의 여정을 끝냈다

다음 생은 입 열리고 귀 열리셔서
세상의 아름다운 소리 원 없이 들으시고
하고 싶은 이야기 다 하시고 답답해하지 마소서
소망합니다
꼭 다시 뵙기를 소망합니다
그때는 그동안 하지 못했던 많은 이야기들을
몇 날 며칠 밤새우며 이야기할 수 있기를 소망합니다

귀하고 귀하신 나의 아버지

부디 가시는 길 편안 하소서

아버지

사랑합니다

소멸

— 동강에서

비릿한 애콩처럼 푸르던 날도

허풍떨며 뒷걸음치던 날도

나는 나의 그림자일 뿐이라는 걸 모르고

시뻘겋게 달궈진 시간을 억지로 늘리고 있다

어둠을 끌어안고 강물 우는소리 듣는다

강가에 피워 논 장작불이 푸른 불빛 되어 사라지고

은밀하게 내가 만들었던 흔적들도

은밀하게 사라져 간다

해 떨어지며 산등성이로 보름달이 떠오르는 동강

달마저 기울면 나도 저무는 것

어디로 이어질지 모르는 다음 여정으로

시절인연은 흘러가고 있는 중이다

몰락

자잘한 똑딱이는 초침 소리를 들으며 살았다
뾰족한 곡괭이 날이 되어
땅 속 끝까지 파 내려간 날도 있었다
기계의 톱니바퀴가 되어 기계도 돌려 보고
어떤 때는 시퍼렇게 날이 선 칼을 휘두르며
도무지 알 수 없는 상형 문자처럼
컴컴하게 살아온 날도 있었다

짓무른 상처뿐인 발이 혼자서 걷는다
이제 두꺼운 책속에 낱장이 되어
신나게 웃으며 몰락하고 싶다
기타의 6번 선처럼 가장 낮은 곳에서
표 나지 않게 거덜 난 삶을 찾아야겠다
무릎 꿇은 칼집에서 빠져나온 서슬이
나의 너덜거리는 살점을 베어버리고
돌아가는 날 누구도 기억하지 않는
허공이고 싶은 거다

푸석거리는 보리밥처럼

꿈속,

몸통이 빠져나간 하얀 드레스와 팔짱을 끼고

하얀 착각 속 헤매다 꿈이 깬

새벽 네 시 반

나의 유통 기한은 착각 속 그만치 다해 가고,

아직 달이 지지 않은 천장을 올려다보며

소란스런 빈 깡통이 차이면서 찌그러지듯

싸가지 없이 옳기만 했던 어제를 돌아본다

너무 찰지지 않는 삶이면 좋겠는데

식은 보리밥처럼 푸석거려도

한참이 지난 후 시절인연 이야기 하며

누군가와 이야기 하며 웃을 수 있는

그런 삶이면 좋겠는데

가끔은 갇혀있던 시간 속에서 나와

내 영혼을 끌어내 같이 놀 수 있는 시간이

진정한 삶이라는 것을 알아

아버지의 몸속에 있기 전

나는 무엇으로 존재 했는지 물어보기도 하며

긴 것만 같은 삶의 여정을 잠깐만이라도

쉬어가고 싶은 거다

상속

당신은 점점 화석이 되어가고 있다
뼛조각의 신음 소리와
어긋나버린 갈빗대의 울음을 꺼억꺼억 삼키며
앞발굽이 뭉개진 늙어 병든 슬픈 황소처럼
가끔 발바닥을 핥으며 생각에 잠긴다
말이 없었다 아니 말하기 싫었다

죽은 암 사슴의 썩은 냄새를 물어뜯는
하이에나들의 울음소리가 가슴을 파고들 때마다
잿빛 물감이 번지듯 상처가 도지곤 했다
공허한 노여움을 품고서
땅 위의 모든 말들이 걸어오고 있었다
목어의 빈 뱃속에 구슬을 잔뜩 채우려는 듯
큰 녀석은 안태골 산을 다 달라고 윽박질렀다
작은 녀석은 큰 마늘 밭을 내놓으라고 했다
기억나는 모든 날들이 옴 오른 듯 가려웠다

끈적거리는 거미의 올무에 걸린 것처럼
부정할 수 없는 뿌리의 문제를 힘없이 우물거리며
가슴 속 식어가는 북소리 따라
리그파 속으로 걸어가고 있다

호스피스 병동 침대 위에 햇빛이 한 줌 엎질러져 있다

그 집에는 귀신이 산다

그 집에는 귀신이 산다
내 몸에 귀신이 씌웠던 날
한참 지나 어미도 그랬다
"내가 귀신에 씌웠었는가 벼"
그 이후 귀신은 그 집에 눌러 앉았다
십 수 년 전 달력은 뜯지도 않은 채 걸려 있고
귀신은 늙지도 않고 더욱 사나워졌다

내 몸은 언제쯤에서부터 개인가
언제부턴가 심장에서 한 발자국만 헛디뎌도
푸른 멍 위로 엉겨 붙은 검은 털이 돋아났다
개 심장에 십 수 년 전 쏜 화살이 날아와 꽂혀
뚫고 나가야겠다는 듯 화살 꼬리가 부들부들 떤다

가까이 갈수록 상처가 크다는 것을 몰랐다
입 열면 침 튀기기 마련인데
입 닫치고 푹 삭은 홍어마냥 침묵했어야 했다는 걸,

어림없던 어설픈 화해의 시도는 또 다른 대못이 되었고
벌겋게 녹슬어 빼낼 수도 없었다
분명 그 집에는 아직도 귀신이 산다

묵은 언어와 행위들

검은 구름에 쌓여 있던
오래 묵은 언어와 행위들이
무너진 하늘과 함께 우박처럼 쏟아져 내린다
질척거리는 진눈깨비 같은 묵은 것들을
누구는 극복했다 하였고
누구는 아직도 극복하지 못한 날들이라고 했다
서걱거리는 겨울 베란다에 앉아
북쪽의 낯선 별을 바라보며
서툴게 살아왔던 날들이 다시 돌아올까봐 뒤척이는 밤이다

앉아 있는 이 자리가 조금씩 가라앉고 있다
삶이라는 것은 구불거리며 가끔은 뒤틀리면서
사행천蛇行川처럼 천천히 붉게 익어가는 것인데
조율되기 전의 음이 듣는 이의 귀를 몹시 괴롭혔고
조율된 후의 음이 꼭 아름다운 것만은 아니었나보다
쓸쓸하게 저물어가는 검은 구름의 역사 속에서
마음은 병들고 육체는 점점 아파온다

길 위에서 겨울비를 맞은 듯 처량하고 슬프다

많이 아프다

달이 빛난다 별이 반짝인다

땅거미가 저녁 붉은 해를 집어먹고
하늘에 보석처럼 별을 뿌려 놓았다
반쯤 먹다 게워 낸 조각달도 기우뚱 쓰러질 듯 떠 있고
논두렁에 하얗게 내려앉은
와이셔츠 단추만한 쇠별꽃 위로 달빛이 내린다
그녀의 어깨에 흔들리는 몸을 걸치고 비틀비틀 걸으면
놀란 직박구리 떼가 하늘로 솟구쳤다
손가락이 없는 길은
우리가 가야 할 길을 알려주지 않았다
담쟁이덩굴이 담벼락에 바짝 달라붙어
우리의 비밀을 엿듣고 있었다
살이 통통하게 오른 배추 애벌레가
얼마 남지 않은 달의 안쪽을
아삭아삭 갉아먹는 소리가 들리던 밤
고양이 엉덩이에서는 뿔이 돋아났고
뻔뻔한 그녀와 나는 봄에 훔친 영산홍 꽃을 가을에 꽃피웠다

별 가루가 뿌려진 길을 바삭바삭 밟으며 당신과 나 걷는다

절뚝거리던 세월 사이로 달이 내려와

하얀 자작나무 가지에 걸터앉아 있다

우리가 세상에 남긴

달이 빛난다

별이 반짝인다

2023년 그 여름

그해는 너무 더웠고 구질거렸다
우리는 소모품이었고 우리는 그늘을 찾아들었다
구질거려 장화를 신었고
장화를 신은 채로 멀리 떠내려갔다

같잖은 것들!
누가 누굴 다스리려 하는가
누가 누구에게 순종하라 하는가
나로 살고 싶은 나에게 성가시게 굴지마라

그대의 영혼은 이미 죽은 지 오래
알맹이가 없는 호두처럼 몸만 남은 것이니
이를 껍데기라 하겠다
뻣뻣하게 굳어버린 껍데기여!
건방 떨지 마라
그대 머리 위 두꺼운 먹구름 속에서
불덩어리가 번쩍거린다

태워버리려고

3부

어느 슬픈 별 이야기

어느 슬픈 별자리에서 왔을까
한 쪽 날개를 잃은 새는
남은 한 쪽 날개를 접고 웅크린 채
날 새면 혼자 새 집을 져야한다는*
두려움에 잠 못 드는 세월
누구도 눈치 채지 못하게 늘
왼쪽 눈에 눈물방울 맺힌다

이겨내려는 긴 세월
파닥이는 날갯짓이 아침 이슬방울 같은
맑은 눈물방울에 녹화된다
주름지고 머리 희어졌을 때
새끼들 모여 눈물방울 replay하며
엄마 끌어안고 울고 웃고 숱한 날 새우겠지

세월 지나 언젠가는 그 슬픈 별자리 찾아가
힘들었다며 서러웠다며

먼저 가신 그님 가슴 두드리며 그 품에 안기겠지

멀찌감치서 보이는 당신

늘 삶이 아름다운 당신에게

이 시를 보냅니다

* 공주시 반포면에 있는 카페이랑에 걸린 도자기 문구 인용

북극성 저 너머 새로운 집을 찾아

90 넘은 거동 못하는 아버지 수발을 한다
아침 차려드리고 커피 한 잔 타드리고 집 밖으로 나오는데
길에서 가끔 뵙는 치매 할머니가 마당에 서 계신다
"할머니 웬일이세요?"
할머니께서 길가 화분에 키운 빨간 다알리아 꽃을 가리키며
"저 꽃 한 송이만 팔아"
얼떨결에
"할머니 꽃 따면 안 되니까 내년 봄에 알뿌리로 드릴게요."
할머니 아무 말 없이 물끄러미 바라보시다가 가던 길 가신다

집안일 살피다가 느닷없이 벼락 맞은 듯
이런! 이럴 수가!
오현 스님의 '아득한 성자'처럼
뜨는 해 다 보고 지는 해도 다 보았다고
영혼까지 내던져 버린 할머니께
그까짓 꽃 한 송이가 뭐 길래…
내년 봄 오기 전 할머니 돌아가시면?

몇 날을 기다려도 오시지 않는다
붉은 신호등 같은 날들이다
다알리아 꽃 지기 전에 오셔야 할 텐데

오늘도 할머니는 어디쯤인가에서
시간이라는 길을 따라 걷고 또 걸으신다
삶 속의 모든 것 다 버리고
북극성 저 너머 새로운 집을 찾아
오늘도 걸어가신다

구름도 사고 바람도 사고 향기도 사고

무속 하는 여동생 신당

용궁 앞 각종 꽃나무를 심어놓은 야트막한 산허리에 보강토를 쌓는다 7월 34도 복더위에 온 몸이 땀에 젖는다 산 위에 몇 살인지 알 수 없는 늙은 느티나무에게 사정사정해서 10만 원에 그늘을 샀다 느티나무는 이 더위에 싸게 산줄 만 알라며 생색을 낸다 보강토 놓을 자리 파내다가 꽤 굵직한 더덕 허리를 삽으로 싹둑 잘랐다 잘린 더덕 값으로 10만 원을 물어 줬다 20만 원을 주고 암표를 구해 능소화, 장미, 이름을 알 수 없는 여러 가지 꽃들을 담배 한 대 피우며 감상했다 구름도 사고, 바람도 사고, 향기도 사고

일 끝나고 여동생이 챙겨준 아버지 드릴 미역국과 배추김치를 넣은 검은 비닐봉지를 집에 와 풀어보니 그 속에 수고비를 넣은 돈 봉투가 있다 열어보니 과하게 많이 넣었다. 돌려주면 핀잔 들을 것 같아 신당 단 위에 그늘 값, 더덕 값, 꽃 감상 값, 구름, 바람, 향기 값으로 올려놓고 삼

배 한다

기분 좋은 のかた*를 했다

* のかた(노가다): 토목공사에 종사하는 노동자를 뜻하는 일본어 (どかた)에서 온 말이다,

기억

채 몇 근도 되지 않는 소리를 내뱉으며
양손에 지팡이를 짚은 노인이
붉은 신호등처럼 앉아 있다
측은하게 옆에서 바라보던 바람이
오늘이 하나뿐인 오늘이 아니라며 저만치 가버리고
화음을 이탈한 음처럼 기억하는 모든 날들이
우려먹은 추억처럼 비릿하게 명치끝에 꽂힌다

솔향기처럼 싱그러울 때도 있었다
멍에를 거부하지 않는 소처럼
눈가리개를 한 말처럼 앞만 보며 살았다
수많은 삶 속에 남아있는 것은 없다는데
문득 창문 사이로 저녁노을이 비집고 들어오고
어둠이 대문을 밀고 마당으로 들어오는 것을
알아 렸다

오늘 걷지 않으면

내일은 누워버릴 것만 같은 두려움에

싱거운 기억들을 자리에 앉혀놓고

지팡이를 앞세워 또 걷는다

하늘이 듬성듬성 남아 있다

달 떠오르면

앞산 등성이 달 오르면 나는
둑에 앉아
잊을라치면 떠오르는 첫사랑
달 속 너를 만난다
내 어깨를 내어주고
잔별처럼 옛이야기 나누다
구름에 달 가려지면
너도 지워지고

나는 또 너를 놓는다

허공 되는 날

나에게 아무런 감각도 주지 않는
공간과 시간의 연속은 결국
꿈속으로 빨려 들어간
하루의 끝이었다네

죽음과 함께 걸어가는
긴 꿈에서 깨어나 허공 되는 날
실체가 없고 아무것도 아닌,
상상으로도 표상되지 않는,
그것을
나는 신이라 부르겠네

나도 신이 되겠네

늙었다는 것

길 위에 뒹구는 돌멩이를 아이들이 넘어질까
걱정되어 길 밖으로 툭툭 차 버리면서
옛 어른들의 모습이 떠오르는 것

바닥에 앉아 있다 일어나면서
늙은 낙타처럼 앞 손 짚고 뒷무릎 세우며
어이구! 무릎뼈 꺾이는 소리

문득 문득 아내가 딱하고 미안하게 보이고
제발 이발 좀 단정하게 하고
밝은 옷만 입으라며 옷깃을 여며주는
아내의 잔소리가 은근히 고마운 것

집안 대, 소사 자리에서
그만 가야겠다며 일어서면
여기저기 모두 일어나 인사를 한다
뭐지?…

나는 이미 늙어버렸다는 것

비구니 스님의 연정

동학사 야간 경비로 근무하는 병갑이 친구를
어느 예쁜 비구니 스님이 좋아라 했다는데
이 친구 원래 착하고 순해 빠져서
절에 오르내리는 그 스님한테
과분? 하게 친절했다네

어느 비가 몹시 오는 날 스님이
유성까지만 태워다 달라고 부탁을 했다는데
비도 오고 위험한 생각이 들어
10분이면 가는 거리를
어렵게 거절했다네
그 뒤로
비구니 스님 다시는 볼 수 없었다고
그 말을 듣고 있던
주한이 형님
"어이구! 에라 이 등신 같은 놈아."

못자리

마을 사람들 여럿 모여 기계로 볍씨를 고른 후
모판을 비닐하우스에 나란히 깔았다
며칠 지나 볍씨에서 싹이 돋기 시작했다
농담 좋아하는 마을 선배
"임시인! 볍씨 싹 나올 때 보면 무슨 생각 들지 않나?
연두색으로 막 돋아날 때 손으로 살살 쓰다듬으면
보들보들 까실까실, 으흐흐흐
나는 이 녀석들 싹 나올 때 보면
자꾸만 이상스런 생각이 들어,
내가 변탠가?"
"으이그! 변태 맞소."

농사
— 팔각정 쉼터에서

"농사도 때가 있는 겨.
일찍 심는다고 많이 나는 게 아녀
사람도 그려.
열 살 먹은 거 시집보내면 자식 많이 낳남?
그래도 스무 살은 돼야 시집가서
새끼를 쑴벙쑴벙 많이 낳는 겨.
농사도 사람하고 똑같은 거랑께."

알몸으로 태어나
수렁논과 자갈밭을 일궈온 그들
남의 논에서 일하며 웃는 허수아비처럼
조금은 엉뚱해서 아름다운 그들
번복되는 오래된 서사가 끊기도록
술을 마시는 것은
살아내야만 했던 늑골 속에 든 찐득한
느린 시간들이 있었기 때문이다

술이 떨어지고 서사가 끊긴 그들은
팔각정에서 누에처럼 긴 잠에 든다

무게

말들을 만나는 마을 팔각정 쉼터
경운기 사고로 다리가 부러진 춘산이 형님을
경호 형이 병문안을 다녀와서 하는 말
"다리 부러져서 밤일 어떻게 해요?" 했더니
춘산이 형님이 부러진 다리를 흔들면서
"밤일을 이걸로 하나?"

벼이삭 넘실거리는 쉼터에 수심이 깊다
대책 없이 떨어지는 쌀값에 그늘진 얼굴들
남는 쌀 북한에 주면
그 놈들에게 왜 퍼 주냐고 난리
쌓아 놓으면 쌀값 떨어진다고 난리
농협은 농민의 대변자이기를 포기한지 오래

고통 없이는 즐거움도 없다는 것을 안다
등에 짊어진 등짐의 무게는
내가 살아가는 삶의 무게라는 것도 안다

벼이삭이 태풍에 이리 쓸리고 저리 넘어져도

막걸리 한 잔에 실없는 농담으로

그저 웃는다

가뭄

가문 개울에 물이 마르고

물이 조금 남은 웅덩이에 물고기가 모여 있다

한 쪽에서 얼어 죽으면 한 쪽에선 데어 죽는다 했지

두루미들만 대목이다

어차피 죽어야 할 운명이라면

두루미가 먹나 내가 먹나 마찬가지

두루미 쫓아내고 구멍 난 족대 밀어 넣는다

얄궂은 하늘이 살생한 죄를 묻듯

그날 밤 밤새 비가 내렸다

냉동실 피라미 꾸구리 모래무지에게

큰 죄를 지었다

어찌되었건 내일은 동네 형님들 모셔다가

매운탕에 소주나 내야겠다

기왕이면 골고루 죄도 나누어 갖고

무지랭이의 부황 뜬 하루

질퍽질퍽 진눈개비 내리는 날
친구 누군가 찾아와 막소주로 흠뻑 취했으면 좋겠네

동네 개가 짖는다고 다 돌아보지 말고
개에게 물린 친구와 흠뻑 취했으면 좋겠네

가슴 속 무언가 슬픈 뜨거운 것이 지나갔지만
그래도 무지랭이의 부황 뜬 하루는 지낼만 했네

그냥저냥 살 걸 그랬어

눈 녹은 양지쪽 벽에 기대어
드문드문 게으른 웃음 흘리며
미묘한 웃음만 남긴 채 입을 닫는다
늙은 삶들의 흔적이 여기저기
오래된 녹슨 철 대문처럼 기우뚱 서있다
고정된 오후 2시에서 3시 사이
막걸리에 낡은 추억이나 우려먹는 지루한 노래가
그들에게는 삶이고 행복이었다
수 십 년을 그렇게 살아왔던 그들에게 다가가
새로운 무언가를 해 보자는 진심이
그들에게는 건방지고 가당치 않았다
아무것도 하지 않으면
아무 일도 생기지 않는다는 진리를 잊고
괜히 참견했다가 독한 가시에 찔렸다
흐느적거리는 버드나무처럼 살 걸 그랬다
겉껍질 비틀어 속뼈 빼내 호드기 삐삐 불며
독 없고 가시 없는 버드나무처럼 살 걸 그랬다

건너 마을에서 어딘지 텅 빈 것만 같은

개 울음소리가 들려온다

4부

小路네 집*

면사무소 지나
들길로 한참을 가보면
小路녀석이 집을 지었다네

어린시절
도시를 그리더니
不惑을 다 넘기는 고개에서
이제 그리움을 아는지
귀향으로 마침표를 찍는군

돌아가리라
가난한 날로 돌아가는 꿈을
아직도 꿈으로만 꾸는
나를 불러
향기로운 술 한 잔으로
달래 준다더군

어이! 여보게들

면사무소 지나

들길로 오리쯤에

小路녀석의 꿈이 있다네

* 초등학교 친구 영주가 나에게 준 詩

벚꽃 핀 봄밤

벚꽃 활짝 핀 보름밤 같은 하얀 밤
고재선 작가님은 무슨 연유로
잠을 깨우십니까
"산은 산이요. 물은 물이다는 하루입니다"
라고 선문답을 던지시고
코골며 잠들어 버리는 고재선 작가님
산이다 물이다 시비 걸지 마시고
그냥 그렇게 거기 내버려 두시요
하루란 내가 죽는 날
그날이 바로 지금이요
어제, 오늘, 내일은 내 안의 욕망인 걸요
어제도 없고 오늘도 없고
오로지 오늘의 연속이 아닐는지요
모든 것은 하루라는 허공 속에서
나에 의해 내 안에 있는 것이지
다른 이유는 아무것도 없소
그냥 편히 주무세요

생명

봄밭에 앉아서 때때로 성가신 잡초를 뽑다가
불현듯 멈춰 생각한다
결혼을 하고도 아이를 낳지 않겠다는
요즘 젊은이들을 생각한다

세상 어디에 못된 풀이 있을까
세상의 어디에 못된 젊은이가 있을까
생각이 조금 부족한 농부가 있을 뿐이다
생각이 조금 부족한 젊은이가 있을 뿐이다

머리와 가슴이 나누는 대화

내 머리로는 당최 모르겠어
이 시가 뭐를 말하고 있는 건지
넌 알겠어?
?...
아니 나도 모르겠어. 그런데,

영어를 모르는데 팝송 가사의 뜻을 알 턱이 없지
그런데 멜로디가 너무 아름다운 거야
나는 눈을 감고 느끼지
그 멜로디가 하는 말을 가슴으로 느끼고 나만의 해석을 해
어느 곡은 들으면서 눈물도 흘리고
어느 곡은 들으면서 혼자서도 춤을 춰
자막 없는 외국 영화를 보면서
분노하고 슬퍼하고 감동 할 때처럼

나도 너하고 똑같아
뭘 말하는 건지 도저히 모르겠어

그런데 말이야

한 행 한 행 읽을 때마다 참 아름답잖아

나는 그냥 그 아름다움만 느껴

“도대체 무슨 이야기를 하는 거야” 하며 화내지 마

누군가 옆에서 들으면

시인이 무식하다고 할지도 몰라

도깨비바늘의 편지

코스모스 흐드러지고
구절초 하얗게 피는 가을입니다
코스모스 한 송이 따서 머리에 꽂고
쌉쌀한 구절초 향기 맡으며
사람들은 가을을 스마트 폰에 담습니다
혹여 그 옆에 내가 있기라도 하면
깜짝 놀라 서너 발짝 몸을 피하구요

된서리 맵고 차갑게 모질어지면
엉덩이, 장단지에 숨어 붙어 분가 준비 합니다
어쩌다가 남의 집 안방까지 들어가게 되면
나를 도둑놈 가시라고 부르기도 한답니다

논에서는 구수한 벼 익는 냄새가 나고
물비린내 묻은 바람이 몸을 더듬으면
마냥 어디론가 떠나고만 싶어집니다
산도 좋고, 들도 좋고, 냇가도 좋습니다

어딘들 가리겠습니까

추분이 지나고 한로도 지나고

벌레들도 땅속으로 모두 숨는다는 상강이 오기 전

저를 어디든 데려다 주십시오

구절초

행복하고 싶으세요?

지금 앉아 있는 구절초 밭

눈을 감고 가만히, 가만히 계셔 보세요

쌉쌀한 향기 감싸 안고

한들거리며 앉아 있는 오선지의 음표들 같이

살아서 움직이는 저 향기로운

구절초의 노랫소리를 들어 보세요

공주 장군산 영평사 구절초 축제 가는 길

구불구불 구비마다 고운 꽃 우려낸 듯

법고소리에 무르익은 구절초 향이 앞서 간다

속주머니에 작년 묵은 밤꽃 향을 넣고 다니던

늙은 밤나무가

저도 꽃을 피우고 싶은 건지

쌈박하게 한 번 놀아보자고

구절초 엉덩이를 슬며시 당긴다

나도 모르게 나에게서 빠져나갔던 시간들이

내 주위를 맴돌며 쭈뼛거리다

다 버리고 나면 진리인 줄 알았는데

그 진리조차도 욕망이더라며

그만 가자고 뒤를 당긴다

가을 바다

석모도행 여객선을 탔다

배에서 내려 운 좋게 새우 잡으러 나가는 고깃배를 얻어 탔다

그물을 설치할 말뚝 이십여 개를 배에 실고 바다로 나간다

가을바다가 뱃머리를 곧추세우고 달려든다

목적지에 도착하자 한 사람은 배에서 내려

허리까지 찬 바닷물 속으로 말뚝을 메고 들어가고

선장님은 바지장화를 가져오지 않았다고 투덜거리며

팬티 바람으로 바다에 뛰어 내린다

어부의 그을린 광대뼈가 번들거린다

갯벌 속으로 말뚝을 전후좌우로 돌리며 손으로 누르면서 박는다

큰 망치로 때려 박을 줄 알았는데 그냥 맨손으로 박는다

"개흙이 물고 조여서 안 들어가요.

살살 전후좌우로 돌려서 박아야 해요."

잠시 야릇한 생각을 한다

뱃머리에 앉아 망둥어 낚시를 한다

10월 망둥어라 제법 크고 손맛도 있다

그물에 걸린 건 온통 비닐조각들

두 사람 별로 말이 없다

식은 감자껍질을 씹은 아린 표정이다

셋이서 걸려 올라온 투명한 새우들만 골라 박스에 넣는다

옆에 반쯤 남아있던 소주병이 낄낄대고 웃으며

두 어부의 목젖을 쓰다듬는다

젖은 팬티를 갈아입는 선장의 몸 어딘가가

바닷물에 불어 실하니 좋다

어리연

후학을 가르치던 박약제博約濟,

그 뒤 둠배산 절벽 아래 연못에 어리연이 무리지어 앉아 있다

서리 내린 듯 어리어리 꽃이 하얗게 피어있고

반짝이는 이파리 위에서는 작은 개구리 햇빛을 고른다

이삭 물수세미가 꽃망울을 터트리려 곧게 선 꽃대 위에는

실잠자리 날개 펴고 잠잔다

사람들은 무심코 지나가고 솜털 뽀송뽀송한 어리연꽃이

고청선생 말씀에 귀 기울이는 듯 앉아 있다

질경이처럼 태어나 얼마나 많은 조각달 같은 울음 울었을까

텅 빈 개 울음소리가 들리는 밤에는

슬픈 우화처럼 운명이라며 곱사춤을 추었다

그런 날은 어김없이 꽃 몸살을 앓았고

어둠이 걷히기만을 기다렸다

나뭇잎 한 장에도 세상이 다 담겨 있다는 것을 알았고

모든 삶은 죽음이 만든 다는 것도 알았다

그는 죽어 머리에 관官을 얹고 왔다

고청 서기!

여뀌

짓이겨 물에 풀면 물고기도 기절하고
맛이 매워 귀신을 쫓는다고 역귀라고 불렸다지요
잡초라고 무시해도 꿋꿋하게 뿌리박고
예쁜 꽃 피웁니다
어둡고 추웠던 지난밤 모진 비바람에
다리 아래 개울가 여뀌들이 지쳐 누워 있습니다
비 개인 아침이 오면
안개 사이로 쏟아지는 햇살을 맞을 겁니다
그리고 또 씩씩하게 일어납니다

삶이 거칠다고 항거하지 않았습니다
오염된 물 묵묵히 정화하며 살았습니다
밟고 짓이기지만 않으면 독을 풀지 않습니다
삶을 방해한 어둡고 무서웠던 지난밤들을
어떻게든 참고 견디면
여뀌는 참 예쁜 분홍 꽃 피울 겁니다

속노란 고구마

강화도 풍물시장

도라지며 영지버섯 나물 말린 것 등을 파는 아주머니들 틈에

속노란 고구마를 팔고 있는 할머니의 속이 노랗다

뭍으로만 떠돌다가 검불처럼 떠나버린 남편

틈만 나면 달아나려던 호밋자루를 붙잡던 그 노란 속살에는

죽지 못해 살아야 했던 서사들이 구불구불 새겨져 있다

몸에서 푸른 물이 흘러내려

손등 튀어나온 핏줄에 고여 있다

속노란 고구마가 자식들 기를 때

주렁주렁 허리마다 줄 매어 움켜쥐고

삶을 듯한 볕 그늘 만들어 주고

천둥 번개 놀랠까 장대비에 살 깎일까

기왕이면 붉고 고운 옷 입혀 그렇게 키웠다

어느 새벽녘

등을 타고 기어든 서리 온몸으로 막아내다

기력이 다한 고구마는 주저앉았다

붉은 옷 곱게 차려입은 그 녀석들 데리고

할머니가 풍물시장에 함께 나와 앉아 있다

존재

무엇인지 모를 것이 죽어
나는 아비의 몸에서 존재했다
다시,
기억 없는 어미의 뱃속 이탈은 죽음이었다
그리고, 나는 세상에서 다시 존재했다
비로소 세상의 모든 것은 죽음으로 존재한다는 것을 안다
죽음은 신령스러운 것
두려워 말아야지
방안과 문밖은 결국 하나라는 것을 안다

오래전의 거짓말 같은 잠깐 잠깐들
내가 기억하는 것은 오직 지금, 여기, 이곳 뿐
취해 휘청거리며 떠밀린 어느 뒷골목에서
분 냄새에 몽땅 털리던 그리스인 조르바처럼 살다
죽어 존재해야겠다
빙빙 돌아 이리 저리 흐트러진 족적이면 좀 어때
상처 난 가여운 수컷 울새 끌어안고

다른 존재 향해 가야지

복종하는 고단한 낙타의 무릎이 사막에서 꺾일 때처럼

책값

우리 딸

인터넷에서 책을 사면 10퍼센트 싸다는데

나도 아는데

강화읍에 하나뿐인 청운서림은 어쩌고

책방 변 사장님 보고 싶어 어쩌고

연蓮

이년은 핑크빛 연이구요

이년은 빨간 연입니다

저기 저년은 까만 연이구요

그리고 이쪽 이년은 작지만

내가 제일 좋아하는 노란 연입니다

입심 좋은 연꽃농장 김영강 사장님,

손님!

어떤 년이 마음에 드시는지요

날마다 부처님 오신 날이다

개복숭아

내가 분홍지게 꽃 피우면
사람들은 아름답다 어쩔 줄 몰라
행복해 했지
허우적거리던 여름
그을린 광대뼈 같은 열매 맺으면
개복숭아였네?
본척만척 실망하고 가던 길 가네

내가 알던 사람의 눈은
차가운 줄 알았고
내가 알던 사람의 가슴은
따뜻한 줄 알았었는데
거꾸로 알았네
눈은 따뜻하고
가슴은 차가웠던 거야

갑자기 도화꽃 부러워지던 날

시가 오지 않는 날은

턱을 괸 손가락만 멀뚱거릴 뿐
시가 오지 않는 날은
등 따습고 배부른 날이다

작품론

하늘이 없는 시대 하늘 보기

황정산(시인, 문학평론가)

1. 들어가며

서정시는 원래 노래였다. 혼자 부르거나 함께 부르거나 노래는 공동체의 정서를 공유하고 그것을 통해 유대와 결속을 다지는 인간의 류적 본성에서 나온 것이다. 이런 노래로부터 기원을 찾을 수 있는 서정시는 아무리 개인의 서정을 노래하는 것이라 해도 항상 보편의 가치와 정서를 담아내 왔다. 노래로서의 서정시의 전통이라 할 수 있다. 이렇게 인간의 근원을 형성하고 있는 자연이나 신이 보여주고 있는 충만한 세계상을 담아내는 것이 서정시의 임무이기도 했다. 이런 서정시를 통해 불행한 역사의 순간에도 서정시인들은 항상 현실을 넘어선 초월적 가치를 추구하고, 신과 자연의 비의를 전하려는 힘든 고행을 마다하지 않았다.

하지만 근대 이후 신은 죽고 하늘로 상징되는 보편의 가치는 사라졌다. 하늘에 떠 있는 밝은 별을 보고 길을 찾던 시대는 사라졌다, 라는 철학자 루카치의 말이 이를 대변해 준다. 이 하늘이 없는 시대 서정시는 무엇을 해야 할까? 임상갑 시인의 이번 시집의 시들을 읽으면 이런 질문에 대한 몇 가지 답을 생각해볼 수 있다.

2. 지상의 어둠을 고발하다

보편적 가치와 공유해야 할 질서가 사라진 시대에 사람들은 개인의 욕망에 따라 살 수밖에 없다. 특히 욕망을 부추겨 소비를 장려하고 그것을 통해 이윤을 극대화해야 하는 근대 이후 자본주의는 세상을 욕망들의 각축장으로 만들고 있다. 그리고 소수의 승자만 남고 대부분은 실패자가 되어 삶의 비루함 속에서 고통과 슬픔을 겪으며 산다. 그런 사회의 모습을 임상갑 시인은 다음과 같이 노래하고 있다.

설치미술 같은 신비로운 기술로
촘촘하게 짜여진 그물
그들에게 유일한 행복은 먹을 것과
그들에게 유일한 불행은 배고픔이다
먹고 살기 위한 노동이었다

그물을 찢어버리고 유유히 사라진
힘센 것들을 생각하며
방사실만 남은 줄 위에서 거미는
허탈하게 웅크리고 앉아 눈만 껌뻑거린다
가슴 속에서는 무언가
뜨겁고 슬픈 것이 지나갔다

힘없는 것들의 슬픔과 아픔을 베어 먹었던
뼈를 가진 낯 두껍고 뻔뻔한 그들의 삶이
검게 변할 때
음흉한 발톱은 오그라들며
함부로 했던 모든 비밀을 토해내야 한다

—「거미줄」 전문

먹고 살기 위해 노동을 해야 하는 거미의 모습은 지금 이 시대를 사는 서민들의 모습과 다르지 않다. 하지만 힘센 자들은 이런 서민들의 생계를 위협하고 삶의 터전을 파괴한다. 최근 우리 사회를 뜨겁게 달구었던 전세사기가 이를 잘 보여준다. 집을 구하지 못한 가난한 자들과 아직 사회에 적응하지 못한 젊은이들의 삶을 파괴하면서도 아무런 죄책감을 느끼지 못하는 그들의 모습이 이 시를 읽으면 오버랩 된다. 그들뿐인가. 돈과 권력을 가진 자들은 개발이라는 미명하에 서민들의 삶의 터전을 빼앗고, 자연을 파괴하고 우리의 삶을 황폐화시킨다. 서민들은 그저

"허탈하게 앉아 눈만 껌뻑거리"는 무력함을 느끼며 바라볼 뿐이다. 시인은 이런 어두운 현실의 문제를 거미를 통해 비유적으로 그려내고 있다. 하지만 언젠가는 힘 있는 그들도 몰락해 "뻔뻔한 삶이 검게 변할 때"가 오리라 의심치 않는다.

욕망에 눈먼 이런 사회에서 사람들에게 하늘은 보이지 않는다.

새는 하늘을 보았나
바람은 하늘을 보았나
안개 속을 헤치며 먼 길 온 새야
너는 거기서 무엇을 보았는가
깜깜한 구름을 돌아 먼 길 온 바람아
너는 거기서 무엇을 보았는가

쿨럭 쿨럭 죽어가며 숨을 쉬는 짐승의 뱃속에
머리를 쳐 박고 내장을 파먹는 하이에나 무리가
구수한 피 냄새에 거친 숨을 가다듬으며
입가에 붉은 열꽃 피우는 곳
그곳 여의도 1번지에는 하늘이 없다

하늘이 없다

—「하늘이 없다」 전문

하늘을 본다는 것은 하늘로 상징되는 어떤 초월적 가치를 생각한다는 것이다. 그리고 그 하늘을 통해 자신을 돌아보는 것을 의미하기도 한다. 시인은 살아있는 존재들에게 그런 가치의 존재를 묻고 있다. 하지만 우리가 사는 세상에는 그런 하늘을 보고 생각하는 사람들이 없다. 특히 "여의도 1번지"로 표현된 정치인들에게 그런 하늘은 존재하지 않는다. 돈과 권력의 욕망에 찌든 인간들이 "입가에 붉은 열꽃 피우"며 "머리를 쳐 박고 내장을 파먹는 하이에나 무리"처럼 자신들의 이익을 위해 활동하는 곳이 바로 거기이기 때문이다. 물론 이 시는 우리의 정치 현실을 비판하고자 하는 시이지만 비단 정치인들만이 아니라 그들의 이런 행태를 용인하는 우리 모두가 하늘을 보지 않고, 하늘을 잊고 사는 것이 아닌가 하는 절망감을 시인은 이렇게 표현하고 있다고 볼 수 있다.

그렇다면 이런 어두운 현실에서 우리는 어떻게 해야 할까? 그것을 헤쳐 나갈 진정한 힘과 올바른 방향을 시인은 다음과 같이 하찮은 잡초인 "여뀌"의 모습에서 찾는다.

> 짓이겨 물에 풀면 물고기도 기절하고
> 맛이 매워 귀신을 쫓는다고 역귀라고 불렸다지요
> 잡초라고 무시해도 꿋꿋하게 뿌리박고
> 예쁜 꽃 피웁니다
> 어둡고 추웠던 지난밤 모진 비바람에

다리 아래 개울가 여뀌들이 지쳐 누워 있습니다
비 개인 아침이 오면
안개 사이로 쏟아지는 햇살을 맞을 겁니다
그리고 또 씩씩하게 일어납니다

삶이 거칠다고 항거하지 않았습니다
오염된 물 묵묵히 정화하며 살았습니다
밟고 짓이기지만 않으면 독을 풀지 않습니다
삶을 방해한 어둡고 무서웠던 지난밤들을
어떻게든 참고 견디면
여뀌는 참 예쁜 분홍 꽃 피울 겁니다

—「여뀌」 전문

시인은 여뀌에게서 이 땅에 억눌린 그러나 항상 다시 일어나는 민중의 씩씩한 모습을 본다. 쉽게 분노하여 항거하거나 남을 해치는 독을 풀지 않지만 참고 견디면서 결국은 "예쁜 분홍 꽃 피울" 희망을 잃지 않는 존재 바로 그런 민중들의 힘을 시인은 믿고 있다. 그래서 "어둡고 추웠던 지난 밤 모진 비바람"을 견딜 수 있을 것이라 소망한다.

그렇다면 이런 희망을 위해 시인은 무엇을 해야 할까? 임상갑 시인은 시인들에게 다음과 같이 촉구하고 있다.

몰락한 동업자들의 길을 따라가면서

善을 이야기하는 시인들을 비웃는다
무덤과 무덤 사이 길을 걸으며
모든 색깔에 핏물을 들이는
오! 그대는 두려움도 없어라
선한 양심으로 가장하고 복수를 일삼는 그대
치졸하고 교활한 자여

우리, 더러운 오물 속이라고 피하지 말자
그 속에도 반드시 샘의 원천은 있다
모든 조짐은 결국
새벽닭 울음소리로 만들어지며 새벽은 밝아온다
우리, 최선이 지배하는 나라로 가자
채찍질을 당할 사람은
지치고 무기력한 우리들이 마땅하다
다시 목 터져라 외치고 용감하게 달릴 생각 없다면
이제 우리 아무것도 요구하지 말자

그리 깊지 않은 물속에 익사할
눈가리개를 한 조랑말들이
천천히 물속으로 걸어가고 있다

—「새벽닭이 울면」 전문

선함을 말하고 실천한다고 하면서 사실은 개인의 욕망과 복수를 꿈꾸는 시인들과 그들에 의해 더 어두워지고 있는 현실을 비판하면서 또 한편으로는 그런 현실로부터

무기력하게 도망치는 비겁함을 시인은 비판하고 있다. 시인은 아무리 "더러운 오물 속이라도 피하지 말"고 "목 터져라 외치고 용감하게 달릴"것을 촉구한다. 그래야 새벽닭 울음을 들을 수 있고 "최선이 지배하는 나라"가 올 수 있다는 것이다. 그런 용기를 낼 수 없다면 차라리 침묵하여 세상을 어둡게 만드는 데 일조하지 말라고 주문한다. 진정성 없는 가짜의 양심은 결국은 모두의 눈을 가리고 물속으로 걸어 들어가게 하는 파멸만을 가져온다고 시인은 예감하고 있다.

3. 다시 하늘을 보다

임상갑 시인의 시는 대체로 암울하고 절망적인 정조를 보여주고 있다. 그의 시들은 지금 이곳의 어둠과 고통을 말하고 거기에서 벗어날 희망을 찾고자 한다. 하지만 그러한 희망은 너무도 멀리 있고 그것의 실현은 점점 요연하다는 현실을 인정하지 않을 수 없다. 다음 시가 시인의 이런 슬픔을 잘 말해주고 있다.

자잘한 새 소리에도
급하게 물렁뼈를 껴안으며

처마 끝에 잘 못 매달린 달처럼 위태롭다
애벌레가 배춧잎의 파란 피를 빨며
잎사귀에 구불구불 서사를 써내려 가는 것은
나비가 되는 꿈을 우물거리며
기껏 하늘을 나는 자유를 얻고 싶어서였다

알몸으로 푸른 핏줄을 팽팽하게 당기며
어떤 때는 막 출가한 스님처럼
잠 못 이루며 뒤척인 때도 있었다
으리으리한 것 따르며 살아야만 했던 서사들을
굵어지고 굽어버린 손마디는 알고 있을까
붉은 피를 씹던 젊음은 가고
휑하니 허물어진 헛간처럼 왕따 당한 듯
뒷켠에서 꾸벅꾸벅 졸며
늑골 속 삐걱거리는 뼈 울음소리 듣는다

— 「배추벌레의 서사」 부분

시인의 눈은 배추벌레가 배추에 만들어 놓은 구불구불한 선을 보면서 거기에서 배추벌레의 삶의 서사를 읽는다. 배추벌레에게도 꿈이 있었다는 것이다. 나비가 되어 자유를 얻는 꿈이다. 그 꿈을 위해 배추벌레는 "배춧잎의 파란 피를 빨며" 푸른 희망을 키우고 자신의 삶의 서사를 만들어 갔던 것이다. 2연에 들어와서는 시인은 자신의 "굵어지고 굽어버린 손마디"에서 자신의 서사를 돌아본다. 한때의 젊음의 열정과 "으리으리한 것 따르며 살아야만 했던" 가치와 이념의 추구는 이제 모두 옛일처럼 지나가고 "늑골 속 삐걱거리는 뼈 울음소리"라는 자신 안의 절망의 소리를 듣고 있다. 희망을 위해 새로운 서사를 쓰기에는 삶의 에너지가 고갈되어버린 안타까움이 절절하게 배어 있다.

하지만 시인은 이런 절망 속에서도 다시 하늘을 생각한다. 그것은 아이러니하게도 돌아가신 아버지를 통해서이다.

> 그 긴 시간을 끌고 달리던 당신이 멈췄다
> 큰 딸의 양 뺨을 두 손으로 감싸 안고 누워
> 댓잎 같은 소리로 숨을 고른다
> 큰 아들은 옆에서 잔잔하게 기타를 연주하며
> 가시는 길 무섭지 마시라며 운다
>
> …(중략)…
>
> 다음 생은 입 열리고 귀 열리셔서
> 세상의 아름다운 소리 원 없이 들으시고
> 하고 싶은 이야기 다 하시고 답답해하지 마소서
> 소망합니다
> 꼭 다시 뵙기를 소망합니다
>
> —「어느 늙은 시인의 사부곡」 부분

시인은 아버지의 죽음을 통해서 다른 세계의 가능성을

생각한다. 물론 그것은 죽은 자들이 간다고 생각하는 천당이나 극락이기도 하지만 사실은 자신이 잊어버리고 지낸 희망이기도 하다. 그것은 입이 열리고 귀가 열려 아름다운 소리를 듣고, 하고 싶은 말을 하는 그런 세상이다. 그곳은 아름다움과 자유가 지배하는 그런 곳이리라. 아버지가 돌아가신 것은 어쩌면 시인에게 커다란 삶의 한 부분이 무너지는 것이고 의지하던 하늘이 사라지는 것이기도 하다. 하지만 그런 상실감 속에서 시인은 또 다른 소망을 생각하며 슬픔을 극복한다.

임상갑 시인의 시들은 이렇게 슬픔 속에서 소망을 기억하고, 절망 속에서 희망을 보는 아이러니를 보여준다.

끈적거리는 거미의 올무에 걸린 것처럼
부정할 수 없는 뿌리의 문제를 힘없이 우물거리며
가슴 속 식어가는 북소리 따라
리그파 속으로 걸어가고 있다

호스피스 병동 침대 위에 햇빛이 한 줌 엎질러져 있다

—「상속」 부분

호스피스 병동에 누워계신 아버지를 보고 쓴 작품이다. 호스피스 병동은 소생의 가망이 없는 절망이 지배하는 곳이다. 이제 기다리는 것은 죽음밖에 남아있지 않다. 하지만 시인은 바로 그곳에서 "햇빛이 한 줌 엎질러져 있"는 희망을 발견한다.

90 넘은 거동 못하는 아버지 수발을 한다
아침 차려드리고 커피 한 잔 타드리고 집 밖으로 나오는데
길에서 가끔 뵙는 치매 할머니가 마당에 서 계신다
"할머니 웬일이세요?"
할머니께서 길가 화분에 키운 빨간 다알리아 꽃을 가리키며
"저 꽃 한 송이만 팔아"
얼떨결에
"할머니 꽃 따면 안 되니까 내년 봄에 알뿌리로 드릴게요."
할머니 아무 말 없이 물끄러미 바라보시다가 가던 길 가신다

…(중략)…

오늘도 할머니는 어디쯤인가에서
시간이라는 길을 따라 걷고 또 걸으신다
삶 속의 모든 것 다 버리고
북극성 저 너머 새로운 집을 찾아
오늘도 걸어가신다

—「북극성 저 너머 새로운 집을 찾아」 전문

시인은 아버지를 병수발하다 잠시 쉬는 중에 치매 할머니를 만난다. 두 분 모두 죽음을 준비하는 시간에 당도해

있지만 향기로운 커피와 꽃을 잊지 못한다. 삶의 아름다운 시간을 놓고 싶지 않기 때문일 것이다. 시인은 이들을 보고 캄캄한 어둠을 생각하기보다는 "북극성 저 너머 새로운 집을 찾아" 간다고 말한다. 세상을 다 놓아버렸을 때 잊어버린 꿈도 아름다움도 다시 살아나는 아이러니를 시인은 경험한다. 이 세상에 사는 사람들은 하늘에서 별을 보지 못하지만 그 세상을 버릴 때 한 자리에서 꿋꿋이 반짝이고 있는 "북극성"을 다시 생각하게 된 것이다.

똑딱이는 초침 소리를 들으며 살았다
뾰족한 곡괭이 날이 되어
땅 속 끝까지 파 내려간 날도 있었다
기계의 톱니바퀴가 되어 기계도 돌려 보고
어떤 때는 시퍼렇게 날이 선 칼을 휘두르며
도무지 알 수 없는 상형 문자처럼
컴컴하게 살아온 날도 있었다

짓무른 상처뿐인 발이 혼자서 걷는다
이제 두꺼운 책속에 낱장이 되어
신나게 웃으며 몰락하고 싶다
기타의 6번 선처럼 가장 낮은 곳에서
표 나지 않게 거덜 난 삶을 찾아야겠다
무릎 꿇은 칼집에서 빠져나온 서슬이
나의 너덜거리는 살점을 베어버리고

돌아가는 날 누구도 기억하지 않는
허공이고 싶은 거다

—「몰락」 전문

우리의 삶은 "몰락"으로 가는 과정이라고 시인은 생각하고 있다. '시계 초침'과 '톱니바퀴' '곡괭이'와 '날이 선 칼'은 우리가 살아온 삶의 치열함과 각박함을 잘 보여준다. 그런 사물로 대변되는 우리의 삶은 나를 위한 것이 아니라 누군가를 위한 수단이었음을 우회적으로 말해주는 것이기도 하다. 그렇기에 나의 삶은 해독할 수 없는 '상형문자'처럼 알 수 없는 것이 되어버린다. 시인은 이런 삶의 컨베이어 벨트에서 내려서 몰락의 길을 선택하고 싶어 한다. 그렇게 해서 삶의 가장 낮은 곳으로 떨어질 때 비로소 자유로운 허공을 발견하리라 생각한다. 그 허공이 바로 시인이 다시 찾은 하늘이 아닐까 짐작할 수 있다.

다음 시가 이것을 좀 더 명확하게 말해준다.

나에게 아무런 감각도 주지 않는
공간과 시간의 연속은 결국
꿈속으로 빨려 들어간
하루의 끝이었다네

죽음과 함께 걸어가는
긴 꿈에서 깨어나 허공 되는 날

실체가 없고 아무것도 아닌,
상상으로도 표상되지 않는,
그것을
나는 신이라 부르겠네

나도 신이 되겠네

—「허공 되는 날」 전문

자신이 신이 된다는 말은 지상의 고통을 벗어남을 의미한다. 그것은 기독교적으로 신의 은총이기도 하고 불교적으로는 깨달음의 경지이기도 하다. 그런데 시인은 그런 경지를 허공이 된다고 말하고 있다. 허공이 된다는 것은 허무주의에 빠져드는 것을 말하는 것은 아니다. 허무주의는 세상의 모든 가치를 무화시키고 절망을 내재화시키는 퇴폐적인 자세이다. 시인은 이런 허무주의와는 다른 무의 세계를 지향한다. "죽음과 함께 걸어가는 긴 꿈"이라 말하면서 우리가 꾸는 꿈이 결국은 우리를 죽음으로 이끄는 욕망 다름 아님을 지적하고 있다. 바로 그것을 버리고 넘어설 때 허공을 만나고 스스로 허공이 될 수 있다고 시인은 생각한다. 시인이 되찾은 하늘은 바로 이 욕망을 벗어버린 무의 세계이다. 그 무의 세계를 시인은 다음과 같이 설명한다.

속주머니에 작년 묵은 밤꽃 향을 넣고 다니던
늙은 밤나무가
저도 꽃을 피우고 싶은 건지
쌈박하게 한 번 놀아보자고
구절초 엉덩이를 슬며시 당긴다

나도 모르게 나에게서 빠져나갔던 시간들이
내 주위를 맴돌며 쭈뼛거리다
다 버리고 나면 진리인 줄 알았는데
그 진리조차도 욕망이더라며
그만 가자고 뒤를 당긴다

—「구절초」 전문

시인은 아름다운 모습을 보기 위해 구절초 축제를 찾아간다. 하지만 가을에 피는 구절초를 보면서도 이른 여름에 담아두었던 밤꽃 향기를 버리지 못하고 있다. 나이 들어서도 욕망을 품고 있는 자신의 모습을 돌아보고 있다. 자신이 추구하던 진리까지도 이런 욕망의 흔적이 배어 있음을 시인은 인정하지 않을 수 없고 그런 욕망과 그 욕망을 씻지 못한 시간도 진리도 다 버린 무의 경지로 자신을 이끌고자 한다.

4. 맺으며

임상갑 시인의 시는 직설적이다. 현란한 수식어로 아름다움을 과장하거나, 중층의 비유나 이미지로 복잡한 사유를 가장하지 않는다. 그러면서도 그의 시는 쉽게 도달할 수 없는 사유의 경지를 보여준다. 어찌 보면 조금 투박해 보이는 그의 언어가 가진 힘이 그것을 가능하게 하고 있다. 그 힘은 삶의 진정성에서 온다. 삶의 현장이 그의 언어가 되고 시가 된다. 그렇다고 임상갑 시인의 언어가 이런 삶의 현장을 그대로 옮기는 것에 그치고 있지는 않다. 그보다는 그 현장에 없는 '하늘'을 꿈꾸는 곳에서 시인의 언어가 만들어 진다. 하늘이 없는 곳에서 하늘을 생각하고, 하늘이 아닌 곳에서 하늘을 바라본다. 그래서 암울한 현실을 허공으로 만들고 절망을 허무로 승화한다. 바로 이 허무의 경지가 시인의 희망이고 또한 그의 시 그 자체이다.

불교문예시인선 059

어느 늙은 시인의 사부곡

초판 1쇄 발행 2024년 4월 30일

지은이 임상갑
발행인 문병구
편 집 구름나무
디자인 쏠트라인
펴낸곳 불교문예출판부

등록번호 제312-2005-000016호(2005년 6월 27일
주 소 03656 서울시 서대문구 가좌로2길 50
전화번호 02) 308-9520
전자우편 bulmoonye@hanmail.net

ISBN 978-89-97276-78-3 (03810)